회복기

허은실 시집

문학동네시인선 181 허은실

회복기

시인의 말

누군가 내 쪽으로 간신히 내뱉은 한마디가 있었다.

울대 없는 새와
노래를 부를 수 없는 사람들

두고 온 말이 있어
바람 아래 서 있다.

2022년 10월
허은실

차례

2부 헛되도록 진심이었어

3부 차가운 연필심을 혀에 대보면

1부

이제 우리는 서로의 눈빛에 책임이 있어요

반려

이제 우리는 서로의 눈빛에 책임이 있어요

거친 여울 저무는 기슭에서
서로의 눈에 스민 계절을 헤아리며
표정이 닮아갈 날들

그리하여 어느 날
세상에 지고 돌아온 당신이
웅크려 누울 때

적막한 등뒤에
내 몸을 가만히 포개고
우리는 인간의 말을 버리기로 해요

우리 숨이 나란하도록
밤이 깊도록
당신이 나를 업고 걷던 그 밤처럼

당신의 등에
내 글썽임과 부끄럼까지를
잠시 올려두고
긴 밤을 낙타처럼 걸어갈 거예요

서로의 잠 속으로 스며들어가
젖은 얼굴 어루만지면
새 빛은 다시
우리 가난한 창으로

새

계단참에 손바닥만한 것이 떨어져 있다
새다
날개가 있다
다가가보았다
움직이지 않는다
새가 아니다
새는 다가가면 날아가는 것이다
가만히 불러보았다
대답하지 않았다
내가 이름을 제대로 부르지 않았기 때문일 수도 있다
건드려보았다
움직임이 없다
죽었나봐
손끝으로 쓸어보았다
보드라워
바라보았다 그러자
작은 몸이 가만 부풀었다 가라앉는다
살아 있나봐
기다려볼까
그건 나의 숨이었는지도 몰라
손바닥 위에 놓아본다
너무 가벼워
놀란 나는 귓속말을 했다

그래, 새들은 뼛속이 비어 있거든
그렇지만 새는 인간보다 따뜻해
냄새를 맡아보았다
눈냄새 같은 것
이건 새야
그럼 묻어줄까
나무 아래 작은 구덩이를 파고
새를 뉘었다
이제 너는 새로 돋는 잎사귀가 될 거야
그러자 새는

계단참에
흰빛 한 점

누구였을까

회복기 1

떨어지는 꽃을 세어 무엇하게

밤새가 울 때면
어디서 내 얼굴이 나 모르게
곡을 하고 있는 것 같아

작약 몇 송이 조용히
흔들린다

버리고 부르는 노래는
어느 훗날이 보내오는 자장가인지
소리로 지은 고치 속에서
아홉 잠 자고

어린 참나무 잎은
어쩌서 나를 얼러주는지 몰라
덜 자란 귀들에게
허밍을 넣어주고 온다

용서할 수 있을 것 같아
겨우 쓸 수 있을 것 같아
두 마음은 왜 닮은 것인지

무너진 꽃자리
약이 돋는다

비로소 연한 것들의
이름을 쓰기 시작한다

물려 입은 잠

이를 꽉 물고 사나봐요
저작근이 뭉쳐 있어요

한의사는 침을 놓으며
힘 빼세요
나는 여기가 아파요
자세가 나쁘면 중심이 틀어집니다
동서남북수금지화가 다 연결돼 있습니다

남의 옷을 물려 입어서 그래요
당신은 자신의 이 가는 소리에 깨본 적이 있나요

왜 어떤 말들은
잠의 바깥으로 도망쳐나오는지

짧은 잠을 자고 간
누군가의 머리 냄새
이제 그만 시들어도 될까
나는 너무 급하게 늙었어

누구,
누가 이토록 고단한 거야
내 것일 리 없다

새로 태어난 이 누대의 피로는   一

자고 나면 어깨가 아프고
손바닥에서 철봉 냄새가 나

달궈진 한낮의 바위에 눕고 싶다
태어나자마자 늙어버리는
비애와 피로를 누이고
돌 속으로
잠자러 간다

볼링핀처럼
쓰러지려고요 선생님
금이 가는 치열
앙다물고
나는 내 몸에 침을 꽂는다

보칼리제

사막이 사막을 못 견디겠는 날
모래는 휘파람을 분다

la— la— 노래한다 사막은*
사구의 잠 속을 흐르는
은하수의 음

꿈의 멜로디를 따라가보면
내 몸에 동거하는
다른 혼의 숨소리 들리고

북쪽 하늘 긋고 가는
휘파람 한 소절
우주도 가끔 외롭다

적막한 집에서 들려오던
젊은 엄마의 허밍

망가진 마음이 혼자서
조율하던 소리
검은 숲
푸른 숨소리

나무가 나무를 견디고 있다

자신을 달래야 할 때
몸은 악기가 된다

몸속에서 모래가 일어선다

* 모래가 내는 소리는 보통 계이름으로는 '라' 음에 해당한다. 이것
은 60Hz에서 105Hz에 이르는 깊은 저음을 동반하기도 한다.

귀래

태어나는 바람마다 아슬해서
너는 울려고 한다

뱃속에 어둠이 가득차
소리가 나오지 않았다
귀신도 몸을 씻나
밤새 물소리

누가 글자를 고치고 갔다

이름 없는 무덤가
그래도 그래도 하며
풀이 돋고

밤이면 고라니가
들렀다 간다

부추꽃처럼 웃어서

손들이 솟는다

허리 잘린 그 봄날로부터
나무는 맹렬하게 잎을 틔웠다

우우 초록의 곡성

실성한 저 그늘로
나는 들어설 수 없다

어쩌겠어요
당신은 웃고

어쩔 수 없어서 나는
터진 수피에 귀를 대고
눈을 감았다

당신이 부추꽃처럼 웃어서
나는 그 긴 꽃대가
되고 싶었다

겨우 그렇게나
흔들리고 싶었다

不歸

나는 어느 묘비에서 빌려온 이름일까

빈집에서 너의 외투를 깔고
손 베개 괴고
진흙이 묻은
무거운 신발을 보네

꿈에는 또 파랗게 질린 꽃들이 피고
몸밖으로 흐르는 물이
너를 깨우네

새처럼
두 발을 가지런히 모으고
태어나는 어둠을 들여다보네

깨진 유리
금간 그릇에
혀를 대어보면

모래도시 뒷골목
쓸쓸한 노래에서 태어나
연주되는 순간 사라지는 음처럼
또다시 정처 없으리니

검은 봄에 목련이 피면
너는 몰래
울겠지

묻힌 자리에
새가 날아오면

폐사지

문드러진 돌의 얼굴을 바라보다가
누구더라
떠오르지 않는 얼굴이
순식간에 돌 속으로 숨는다

돌에 표정을 새기는
마음, 그거 말야

거돈사지에서 타프롬까지
무엇을 보려고
폐허를 더듬었는지

느티 아래 벌레들
수없이 태어나 밟힌다
어떻게 나비가 될 수 있지
저렇게 생긴 벌레가
같은 것이라고 할 수 있나

새로 깨어난 개구리들
와글와글 웃고
비린 꽃내 속
저쪽 저쪽
봄새가 울면

말갈 여진이었으려나
한 번은 너였던 듯해

돌에 말을 넣고 돌아온

회복기 2

슬픔은 가장 거친 옷을 입는다

너는 옷자락에 풀씨를 묻히고 온다

울대 없는 새가 물가에 섰다
높은 데를 올려다본다

먼 곳에서 오는
울고 난 목소리가 부르는 노래
너를 통과한다

어느새 건너편에 앉아 있는 나

물결을 버리고
묶인 개를 보러 갔다

도화를 꺾어
개가 되었구나

후회를 모르는 얼굴로
이해 없이 사랑하고 싶어서

뒤집힌 벌레가

바닥을 차는 소리
마침내 어두워지고

내가 버린 풀씨 안부를
물을 수도 없는 밤
묶인 개의
사슬 끄는 소리

빈 들에
산 것들의
수의가 덮인다

혼

원피스에 오덧물이 든 날
처음 남의 집에서 잤다

등 아래 짓이겨진 풀들
사라지지 않는다

부추를 썰다
물끄러미 도마를 보았다
무수한 칼금들
손바닥에 새겨진 凶
들킬까

손금을 감추었다

가로등 불빛 안에
빛나는
갇혀 있는 것들

병어 1

두부처럼 부드럽고
부서지는 살을 가졌네
병어는 창백해
단맛이 난다
다 울면 돌아간다
이마로 물결을 끌고

병어 2

옛날에 덕자와 병치가 살았대

고궁 옆 포장마차에서
병어를 처음 알려준 사람은
언제 겨울 통영에 가서
병어를 먹자고 했다

이렇게 예쁘고 예리한 가시를 품고 있다니
뼈는 어디서부터 가시일까
목에 걸리면 가시
씹어 삼키면 뼈지

그래서 둘은 어떻게 됐는데?
이렇게 납작하게 누워서
입이 아주 작아져버렸대
뽀뽀만 하다가

겨울 통영에서 그는
병어처럼 누워 있다가
바다 어딘가로 아예 가버렸지

내 몸속 깊이
가시 하나를 남기고

겨울 통영에는 가지 못하고 나는
유월 병어를 진설하네
백화수복 수복강녕
맑은 술잔 속으로
작은 치어들
눈송이처럼 흩날리네

주려고 품었던 마음은 어디로 가는지
영영 외로워
들어갈 몸이 사라져

눈물도 없이 소리도 없이
겨울밤 길에 서서
물고기처럼 우는 사람들이 있다

노래는 나를 문밖에 세워두고

누가 내 속에서
노래를 하네

멍든 잎사귀의 허밍을 듣다
잠든 너
마른 입술 가쁜 숨 사이로
꿈을 흘린다

귀를 대보면
글썽이는 물방울들
물속으로 돌아가는 소리

창에 스치는 그림자

어둠의 입자가
눈과 입술로 내려앉고
마침내 너는
지워지네

나의 기타가 조용히 흐느끼는 동안*
노래는 나를 문밖에 세워두고

나는 우두커니 어두운데

쌀을 쏟아놓고
주저앉아
울던 아이야

모두 막막히 여기 왔구나

이 행성에 엎지른
뜻 없는 리듬을 살러

* 비틀스의 노래 〈While My Guitar Gently Weeps〉.

2부

헛되도록 진심이었어

소수
―지리

맑게 끓인 탕이 식는다

나로 인한 네 무거움
그런 것을 생각하느라
비는 내리고

생각하느라 생각하는 사이

뜨겁고 투명했던 몸엣것
응고된다
식은 것이 비려진다

나를 쳐다보는
생선의 허연 눈알

사랑한 적 없구나

바라보아도 알아보지 않는
눈빛
응고되어버린

식은 생선탕 앞에서
선득 깨우친 저녁

마주앉았던 식탁에
몸속 벼린 것들
수북하다

장마는 끝날 줄을 모르고
선풍기가 내게로 얼굴을 돌릴 때마다
목덜미에 들러붙는 머리칼

나는 눈알을 입안에서 오래 굴렸다
투명해질 때까지

잇새에 남아 있는
눈알의 맛

소수
─화학 시간

염산과 수산화나트륨을 정확한 비율로 재서 비커에 넣고
섞는다. 과학 선생은 흑판에 원소기호를 적었다

혼합물은 매우 뜨거워지며 에너지를 분출한다. 햇빛 속에
먼지들이 천천히 떠다녔다. 빛은 도달할 곳까지의 최단 경
로를 어떻게 아는 걸까

정반대의 두 물질은 서로를 중화시키면서 묶인다. 초록
은 저의 색을 다 써서 여름에 이른다. 덩굴들 휘감고 오른다

염소를 넣은 비커에 나트륨을 떨어뜨린다. 매미는 네 번
껍질을 벗고 지상으로 올라온대

나트륨은 연녹색 염소 사이에서 타오른다. 그 자리에 소
금 결정이 남는다. 울음소리가 나무를 흔든다. 숲을 태운다

소금물을 산과 염기로 분해하는 역반응은 일반적으로 쉽
지 않다. 징그럽고 아름답다, 그치. 성당 유리화 같은 날개
를 떼어내며 아이들은 놀았다

산과 염기가 반응하면서 분출한 만큼의 열기를 가해주어
야 하기 때문이다. 통증은 독립적이고, 포르말린 속에는 언
제나 개구리. 우리는 우리를 벗지 못했다

아이들은 결심처럼 연필을 꼭 쥐고 필기를 했다. 물질의
상태가 변해도 성질은 변하지 않는다. 거울 속에는 혼자 하
는 숨바꼭질

죽은 리얼리티가 해골해골 웃고 있었다

하지

계절은 고지서처럼 온다

짓, 짙푸른
우우우우—
잎들의 무성한 야유

보호색도 숨을 곳도 없다

들키기 쉬운 뿌리가 부끄러웠다

나무 아래 차를 대고 눈을 감으면
쏟아진다 빗소리

차창에 돋아나는
압정들

칼과 신

어둠 속의
꽃

부엌에는 언제나 빛나는 칼이 있었다

그런데 꿈속에선 어디에도
신발이 없다

가지 마
이승에 신을 숨기는 아이들아
칼을 생각하면
칼은 어디로
사라지고

베개 밑에 칼을 숨기면
칼은 흰 이빨로 웃었다
그런 날엔 밤새 이를 갈았다

베어본 기억 때문에 칼은
잠들지 못하는 거야

살은 칼을 물고 놓지 않는다
죽지 마

거기 왜 그러고 있어 이리 오렴
무쇠칼 옆
긴 귀가 이야기를 듣고 있다
빨간 구두 한 켤레
나를 쳐다보고 있다

아서, 그건 귀신의 것이란다
기억하지 않는다면
슬픔도 없을 것을

나비 한 마리 맨발로 칼을 건넌다

십일월

언젠가 한 번 이 냄새를 살았던 것 같다
닫히는 엘리베이터 안으로 뛰어드는
나프탈렌
낡은 인조가죽 점퍼는 오른쪽 어깨가 기울었다

땅거미 지는 거리를 종종걸음으로 흐르다
멈칫 붙들려 선다
이렇게 살 것 같다 평생을

대출 반납 기한이 지났습니다
나는 늘 셔터가 내려가는 순간 도착하고
생활은 몸살기처럼 아슬아슬하다

통과할 수 있을 것이다
신호는 아직 노란색이다
액셀을 밟아보지만
정지선 앞에서 막아서는 붉은 등

급브레이크를 밟는 교차로에
나는 끼어 있다
정지선을 넘어선 채로

바람은 취조관처럼 추궁하며 다그친다

어둠이 임박하고 있다

이즈음 내 서글픔은

새벽 네시 옆집 남자의
오줌 누는 소리를 듣고 있으면
이즈음 서글픔은 그런 것

가을 모래사장
빛바랜 플라스틱 의자가
다리를 꺾고 주저앉아 있다

지나온 날들이 문득
숙박계에 휘갈겨쓴
이름처럼 느껴진다

이제 나의 부끄러움이란
지난밤 찾은 것들 속에 있고
모두 지우시겠습니까
말들을 지우는 아침
삭제는 간단하고 속죄는 편리하다

내가 찾는 것이
나를 억압해왔다

용서하지 못한 일들만
밑바닥에 남아 있다

절망은 더이상 참신하지 않은데
어디인지 모를 곳이 분명히 아프고

행복해질 것 같아서
짐승을 키우지 않는
이즈음의 양심은 그런 것

죽을까봐
살아왔구나

불안이 나를 걸어가게 한다

흰 뱀

딸의 가슴이 도톰해 쓸어보았다
과속방지턱처럼 걸리는 몽우리
심장이 덜컥한다

브래지어를 풀면
유륜 속에 주눅든 듯 유두가 파묻혀 있고
어제는 바디로션을 바르다가 보았다
거웃 가운데 기웃
한 가닥 무명실

너도 너의 것을 들여다보겠지
콜라겐 에스트로겐
내가 그런 것들을 검색할 때

몸에 자꾸 물이 마른다고 했는데
물혹을 떼고 온 엄마는 그러니까
지금 내 나이쯤이었나

몸이 마르고 목이 마르고
샘마다 마르는 물이 흘러가
기름지게 빛나는 살결과 머리칼
너의 실루엣은 이제 완연하다

내 몸속 점점 빨리 지는 달이
너의 우주를 건너가고 있다

나의 어린 뱀
너는 나를 다 먹어버리겠지
백기인 줄 알았던
흰 터럭

뱀의 허물

초

아침에는 미역국을 먹고
저녁에는 탕국을 끓인다

아이가 소원을 빈다

생일날엔 왜 촛불을 켜는 거야?

아이가 불을 응시하는 순간
우주에 최초로 가로등 하나가 켜진다

너는 사로잡힌다
간단없는 일렁임과
간단히 사라지는
여기,

초를 <u>끄고</u>
초를 켠다

아버지 케이크 드세요
젓가락으로 상을 두드린다

외손녀의 생일 케이크까지
아홉 수저 드실 동안

바라본다
산 사람들의 눈 속에서
춤추는 불

젊은 아버지는 소지(燒紙)처럼 떠돌았다
서툰 획들을 지우고
사그라드는 한지의 가벼움으로

종이가 먹어치우는 불꽃과 검은 먹을 향해
또 무슨 소원을 빌까

방안 가득 촛불냄새

나는 술잔에 뜬 재를 마신다

羅

연못가 관목 사이
고추잠자리

무당거미 입속으로
천천히 사라지고 있다

노란 배에 빨간 실젖
선명해진다

거미줄 한쪽에서
수거미가 꼼짝 않고
그것을 지켜보고 있다

팽팽한
열렬한
적요와 대치

수거미는 작고 여위었다

몇 날을 오직 기다리게 하는 것이
허기인 줄 욕망인 줄
사람만이 궁금해한다

바람 없는 풀밭
풀씨 터지는 소리가
표적의 중심을 흔든다

사람만이 놀라서
놀라워한다

꾸다 만 꿈

다가가자
날아올랐다

복숭아밭이 어디인가요

버스가 안 올랑가
촌로가 모퉁이 저쪽으로 사라진다

조심해요
환한 꽃종지마다
딴 세상

한 번 살기 위해 계속 피어 있는 것과
계속 살기 위해 한 번 지는 것

무엇이 먼저였나

소리를 지른 일
벌레를 밟은 일

말하지 않았다면
그냥 건너갔을 텐데
한 철 봄 한 철만

꾸다 만 꿈
어떻게 돌아갈까

닿지 않는 곳이 가렵다

우리는 풀 베인 저녁을 헤매었다
―헛꽃

피 같애
신발창을 풀에다 닦으며 너는
찡그린다
버찌들이 발밑에서 터졌다

개다래나무 꽃향기에 홀려
우리는 풀 베인 저녁을 헤매었다
무엇을 기다리느라

흰 잎은 헛꽃이래
멀리서 벌나비를 유인하려고
봐봐 꽃이
이렇게 작게 숨어 있으니까

필사적인 초여름 헛꽃들
우리는 향기도 없이 얼마나
아름다웠니
헛되도록 진심이었어

칡넝쿨 기다란 혀들이
공중을 날름거린다

수정이 끝나면 잎은 녹색으로 돌아가

귀신같지
변색일까 본색일까

따뜻해진 길
피를 핥으며
뱀의 여름은 온다

그것

고양이가 눈을 번쩍 뜬다
한밤중이었다
벽의 틈으로 무언가

조금씩 더 빠져나오며 그것은
점점 길어졌다
나올 때마다 발이 생겨났다
발마다 눈알이 있었다
발들은 서로 다른 생각처럼
각자 끊임없이 일사불란하다

그것은 커다란
검게 빛나는
그것이 벽에서 나오고 있었다

발을 다 꺼낸 그것은
바닥으로 떨어져내려왔다
밤의 가장자리를 기어갔다

문턱을 넘어간 그것은 잠시 후
어둠 속으로
또다른 구멍으로 사라져갔다

그것은 잘 죽지 않는다
위험이 닥치면
다리를 자르고 도망간다

그것이 나온 그곳을 바라보았다
갈라진 벽 긴 틈이 그것처럼 보였다
읽던 책을 읽었다

책 속에 그것이 있었다
수천 마리 그것이
줄을 지어 기어가고 있었다
내가 죽이지 못한

구멍이 나를 지켜보고 있다

잠시 후 구멍에서

3부

차가운 연필심을 혀에 대보면

개를 끌고 다니는 여자

언덕 위에 점이 있다
점이 언덕을 내려온다
점은 가까워지며 점점 커진다

한 마리 두 마리
개가 따른다
그 여자다

굶주린 여자
못생긴 여자
개를 끌고 다니는 여자
온 동네 개들을 끌고

그 여자가 이쪽으로 오고 있어

내게만 오지 마라
나는 방문을 잠갔다

뒷문으로 박쥐들이 날아갔다
부엌에 선 순간,
어둠 속에서 빛나는 것이 있었다
언 배추를 중얼중얼 썹어먹고 있었다
나를 보고 여자가 씨익 웃는다

죽어서도 얼마나 머리가 아프겠니
무덤을 여니까 나무뿌리들이
그 여자 머리뼈를 움켜쥐고 놓지 않았대
엄마는 혀를 찼다

얼마나 이가 시렸을까
숙제를 하다 말고 혀로 이를 쓸어보았다

글씨를 쓸 때마다
언 배추 썹는 소리가 난다

나는 자꾸만 차가운 연필심을 혀에 대보았다

내파

이 컵은 깨질 거다

생각하는 찰나
컵은 손을 벗어난다

여름은 내내
물건을 자주 놓치는 날들이었다
미열이 사라지지 않았다

나는 쓰려고 한다
깨지기 직전의 컵과
컵을 놓친 손에 대해
깨지려는 것들에 대해
쓰려고 할 때

나는 존재하느라
으깨어진 것 같아*
유리잔은 조용히 땀을 흘린다
모두가 고요한 오후
얼음이 쩍 갈라진다

갈라지는 순간, 얼음은
갈라지려고 한다

얼음이 투명한 제 내부를 가르는 오후
난간 위의 내가 미끄러지는 순간

씨방은 이제
터질 것처럼 부푼다
여름 오후,
앰뷸런스 소리가 닫힌 도시를 길게 찢는다

* 마르그리트 뒤라스, 『이게 다예요』, 고종석 옮김, 문학동네, 1996,
59쪽.

가믄장아기에게 헤카테가

도화도 쌍도화가 끼었어 쯧

너는
버려진 숲의 마귀광대버섯

가시나가 바람만 들어가지고 뗏

나는 아버지가 담장 밖으로
뱉어버린 씨앗

그들은 뺨을 때렸지
다른 마음과 동침하고
이별까지 주재하려 하였으므로
그래서 너는 늴리리야 늴리리 화냥년
불속에서 춤추는 구두

다른 이름이 되자
다른 리듬이

고장난 시계 팔아요
고장난 시계

비단 구두 사가지고 온다더냐

꽃신 사가지고 온다더냐
애시당초 노 땡큐
안녕 나는 다른 곳으로 갈게
다른 문장으로 살게

이리 와 늪으로 가자
뱀처럼 사랑해줄게

기형인 내가
아름다운 몸이
무덤 속에서 벌떡 일어나
춤춘다
아, 너는 비로소 네가 된다
음표들이 자리를 바꾼다

저수지

산불을 조심합시다
산불 지도원이 확성기를 틀고 지나갔다

저수지는 푸르게 타오르고
산불이 잦은 봄
마을에서 개들이 사라졌다

부녀자나 노약자가 화기 취급을 못하도록 지도합시다

저수지에서 노래가 흘러나왔다
물빛이 짙어갔다

쇠가 우는 동안
피가 타는 동안

이 불을 마셔보렴

물가에 떨궈놓은 마알간 알

밤이면 본 적 없는 짐승이 돌다 갔다
개의 눈에 푸른 불이 이는 봄밤
물속에서 노래하는 입들,
흉한 무늬 검은 나방들이 태어나고

전신을 비추는 수면이
너를 훤히 앓고 있다

건져올린 몸에는 혀가 없었다

간증

왜 그러지 나
여기에서 유리가 자라

부흥회 날 목사님은
방언을 했다
우스웠는데

무서웠다

기도를 하는 척하면서
실눈을 뜨고
울부짖는 이웃들을
나는 다 보았다

쉿,
그거 알아?

벼랑에 핀 진달래는 꺾지 마라
상엿집에 문둥이 여자가 산대

너는 벌레를 뒤집는다
버둥대는 것을
막대기로 터트린다

목사님의 사마귀가
눈앞에서 커졌다 작아진다
작아졌다 커진다

그거 알아?
지옥은 니가 죽인 벌레들이
너를 기다리는 곳이야
뜯어먹으려고 영원히

영원은 무서운 거구나
진달래를 다 게우고
나는 헛말을 했다

눈뜨고도 쏴쏴
피가 파도처럼 몰려왔다

타인의 고통은 먼바다의 풍랑주의보가 아니다
—mute

하늘에서 어떻게 저런 게 내려올까

꺼져버릴 듯
고요한 필담

눈 말입니까
아니요 눈 말입니다

거침없는 발설
혀 말입니까 눈 말입니까
말 말입니다
말이 나와서 말입니다만
말이 왜 말이 되지 못합니다

사람이 왜 그래요

무서운 사람들은 무서워서 점점 무서워지고
검은 부리로 오지 마 가까이 오지 마
차단당한 얼굴들이 창백하다
너는 더욱 모르고 싶어서 모르고자 한다

타인의 고통은
먼바다의 풍랑주의보

없었던 일이
없었던 일처럼 일어난다
비명과 외침이
귀 먹은 땅으로 쫓겨난다

흄, 흄, 흄,
아름다운 것이 내려온다
가까이에서 보라 그것은
히히히 흰 소문들

하늘에서 어떻게 저런 게 내려올까

자세히 보면 그것은
차고 깨끗해서 아무 냄새가 없는
나의 똥
하늘을 메우고
땅을 뒤덮었다

아무도 모르는 일처럼

마이 스위트 밸런타인

기계의 손아귀는
막판까지만 뽑기 인형을 움켜쥔다

나는 언제나 막판에
무너지는 내가 싫었다

견갑골을 조이며 사람들 흘러간다

알바생이
유통기한 지난 삼각김밥을
폐기 등록한다

초콜릿 바구니들 해피 메리 허니
속삭이는 24시 편의점

뒤집어놓은 의자는
쉬고 있는 걸까
벌서고 있는 걸까

이미 틀려버린 점괘
긁어버린 복권을 쥐고
오늘도 신나게 부르는
검은 구두의 노래

죽은 새를 그냥 두고 나는
떠나왔어요
나의 사랑 클레멘타인

빨간 간이 플라스틱 테이블에
고꾸라진 남자도
얼어죽지는 않을 거야
마이 스위트 밸런타인

아침은 번복 없이 반복되고
나의 전선은 언제나 잠정적이다
마이 스위트 밸런타인

영두의 난간

영정 곁에 꽃 장식도 없었지
테이블이 네 개뿐인 빈소
그런 게 미안했지
우리끼리만

앵두 같은 어린 영두가
내게 인사를 했지

영두는 바람 속을 달렸지
허공에 발자국을 찍으며
창문에서 창문으로
넘어갔지*
밤의 난간을

유리벽 너머에서
우리는 관망했지
영두의 죽음
미결의 생이 끝내
넘어가는 것

영두는 눈물을 흘렸지
파내주고 없는 눈,
그건 참 조용했지

영두는 깃털처럼
떠났지 우리를
산산조각으로는 살 수가 없습니다

타락하는 도시에는
추락할 바닥조차 없어

영두,
여기는 뜨거운 콘크리트 별 현재 시간 외근 미결이 위험
수위로 가고 있음 외벽에 내건 심장들이 냉각되는 세계 처
리가 매우 부진함 늦은 시간까지 절대적으로 처리 영두 절
대적으로

아름다운 여름이야
종말적으로
차가운 여름 창밖으로
알뜰이
조용히 떨어지는 밤이야
영

두

,

* 에어컨 실외기에 손이나 연장이 닿지 않을 때 창틀과 발코니 난
간을 넘어 실외기에 몸을 싣는 행위를 일컫는 에어컨 설치 기사들
의 은어.

Ω. 패턴과 방향

　깔끔하죠, 육십 촉 전구가 갑자기 퍽, 죽어버린 거예요.
존재하는 일은 피곤해요. 열이 빛을 내는 온도까지 징글 징
글 올 더 웨이. 필라멘트의 저항에 의해 백열전구는 빛을 냅
니다. 온도가 올라갈수록 금속 필라멘트의 저항은 증가합니
다. 징글벨 징글벨 징글 선생님 핫식스 좀 드실래요, 몬스
터 에너지 천하장사 소시지. 저항이 증가하면 전류가 감소
하고, 전류가 감소하면 필라멘트의 온도가 내려가므로 저항
은 다시 감소합니다. 이러한 피드백의 반복으로 안정된 저
항값에 도달합니다. 멀쩡히도 멀쩡한 사람들은 어떻게 안정
된 저항값을 찾아냅니까. 전구의 죽음은 잘못 산출된 불안
정한 저항값. 어떤 퍽, 은 신의 불안정한 저항값이 아닐까.
그러나 저항할 필요가 없는 존재는 이름이 없다고 배웠습니
다만. 텅스텐 텅스텐 당신 집에도 가까스로 전류가 흐르고
눈 밑 떨며 겨우 어둠에 저항하는 白熱의 밤. 안정된 저항값
에 도달하려 사력을 다하는 빛들. 오늘 또하나의 퍽, 갈아끼
우는 것쯤 일도 아닙니다. 흔들어보면 비로소 가련하고 예
쁜 소리 징글, 징글 올 더 웨이

충주휴게소

잠든 순간에야 우리는 겨우 짐승이다
새벽 세시 불 꺼진 충주휴게소
낮은 숨만 자욱하다

짐 부리기 위해 길 위에 잠 부려놓는
대형 트레일러들의 숨소리
고래처럼 멀리서 누구를
부르는 소리 같다

고래야 나의 커다란 고래야

안개가 많은 구간입니다
안전 운전하십시오
고속도로엔 안개 자욱하고
달려도 당겨도 거리는 줄지가 않는다

경로를 벗어났습니다
경로를 재탐색합니다

추월당한 것 같아 삶으로부터
그냥 절벽으로 핸들을 꺾고 싶었어
그때마다 턱이 자란다

고래들이 끼이이끽 우는 밤
오도록오도록 발 씻는 소리에
비로소 눈감는 어린 사무엘이 있어

다친 짐승들이 숨어서 상처를 핥는
충주휴게소

폴리

　도시는 콘크리트를 기른다 양생 양생 할렐루야 거대한 기둥이 살 속 깊이 박힌다 폴리 제 어미를 능욕하는 오 강철 페니스 플라스틱 팰리스 콘크리트 폴리스 떨어져나간 붉은 살점 위로 모래비 내린다 초록 강엔 썩은 태반이 떠내려온다 검은 덩어리가 물컹물컹 증식한다 코로 입으로 밀려들어와 폴리 숨이 막혀 구멍마다 대량 생산되는 박테리아 바이러스 바퀴벌레 폴리폴리 매일 태어나는 폴리 폴리는 강하고 폴리는 아름답고 무엇이든 원하는 모양이 될 수 있어 폴리는 아름답고 폴리는 홀리하다 도시는 양생하고 폴리는 영생한다 폴리는 영원히, 폴리하다 물방울 싱싱한 조화는 생화보다 조화로워 온갖 잡새가 날아들고 뒷문 밖에는 폴리의 노래 고래와 거북은 왜 인간의 연안으로 와서 죽는가 구천에 물이 들어 꿈자리가 피로 흥건하나니 우우 우리가 묻은 것들이 스며나오는 구멍 구멍들 구멍은 폴리로 가득하고 폴리는 구멍들을 메우고 얼굴을 다 덮어버린다 폴리 숨이 막혀 폴리 그러나 폴리는 폴리만은 죽지 않는다 죽어도 죽어도 오 이런 죽어지지가 않아 썩을!

Kommos: 바람 타는 섬

누구입니까

빛 속에 우뚝 선 사람

아가, 무엇을 보았느냐

뒤엉킨 뼈들을 보았습니다
흰 사슴의 눈물
잘린 나무의 울음을 보았습니다
그 나무에서 피가 솟아
나에게로 흘러옵니다

무엇을 들었느냐 아히야

돌의 신음을 들었소
검은 돌이 우는 소리
신성한 숲의
소리가 없는 비명을 들었소

우 어 으어 우우우 어으 우 워

이제 무엇을 보았느냐 너희가

一 스— 스흐— 새— 스— 쇠— 하— 사하— 스— 쉬— ㅅ

　숲, 불타는 숲입니다 깨진 바위 끊어진 구슬입니다 숨,
숨이 막혀 누가 숨골마다 차고 딱딱한 재를 붓고 있습니까
쇠, 차가운 쇠입니다 쇠의 손아귀, 쇠의 이빨 살, 살을 할퀴
고 새, 거대한 새의 그림자 소, 소리가 강철 굉음이 섬, 섬
을 흔들고 어린 도요의 날개를 비틉니다 당신의 하혈은 멈
추지 않고 구럼비 비바리 푸른거북은 이제 돌아오지 않아
요 왜 새들은 노래를 멈추고 고래는 더이상 춤추지 않습니
까 해 돋는 첫 마을들 제 땅에서 추방당한 사람들 뜯긴 앞
섶입니다

　바당에 뉘가 들어
　꿈에도 귀가 웁니까

　으—으음— 으으아흐 으허흐어 이히히히히

　이것은 당신의 흉몽입니까
　대지를 겁간하는
　어미의 몸을 죄 먹어버린
　우리 사백아흔아홉 아들은
　슬픈 신탁입니까

一

여허 어허 어허이야 아에 어허양 어허 러허

그러나 여기 어리고 아린
마지막 아이가 있어
목이 쉬었습니다
한 하늘과 땅 사이
사람으로 서서
오직 울음으로써 돌아가려 합니다

나 나이히이나어 어어 헤으 나히

이제 더러운 잔들을 치우고
인간의 말을 씻고
땅의 시간으로 회귀할

다리를 놓아라

쓰러진 돌
일으켜

피 돌게 하라

물속에서 떠낸 새 흙으로

파인 몸 찢긴 자리

아물게 하라

에 헤 헤이야 너허 니히 나히나 러 러히러

누구입니까
봄바다 눈부신 윤슬 같은 미소
순비기 비자낭 이슬 젖은 몸내는
당신입니까
초란 같은 오름들과 사월 흰 꽃들
웡이 자랑 어르는 바람의 춤은
아하 당신입니다

웡이 자랑 웡이 자랑 자랑 자랑 웡이 자랑
아 하 아아아양 어허양 어허요

* Kommos: 그리스비극에서 배우와 코러스가 함께 부르는 비탄과
애도의 노래. 바람 타는 섬: 현기영의 장편소설 제목에서 빌려옴.

4부

굴꽃 하영 와서 나는 잘도 쓸쓸해져요

사월

산벗꽃
부푸는
저 땅

산달이면
다시 아파

붉은 밭

뎅
뎅

파꽃이 돋고

틀어막아도
보라
검은 돌담 틈마다
새어나온다
푸른

빛

이의 있습니다

치켜든 주먹처럼
대지의 법정에서
꼿꼿이
솟아나는 꽃대들

딸아
꽃이란 그렇게 온다
모든 죽음을 등에 업고
가장 급진적 반대 진술을 하러
봄은

순례자

쉿, 산엣것들 귀를 세운다. 숲속 눈동자 멈추어 선다. 온다. 그것이 오고 있다. 발바닥을 통과하는 검은 땅의 떨림. 온다. 사납게, 으르렁거리는. 곶자왈 하늘로 새들, 일제히 날아오른다. 숲을 흔드는 포성. 다시 터진다. 인간이란 얼마나 시끄러운 존재인가. 에무원. 제무시. 그들. 그들이다

바람에 실린 총소리. 단숨에 뛰어올라갔다. 가장 높은 언덕. 연을 띄우던 뒷동산. 거기선 다 보였다. 검은 연기. 사이사이 어슬렁거리는 얼굴 없는 남자들. 어디에 있지 너는. 스리쿼터에 실려가는, 여자들뿐

그날따라 하늬가 불었는데, 여자들의 고름이 반들반들 막 흘리는 거야. 자꾸 가고 싶어졌어. 정신이 그냥 이상해진 모양인지. 자꾸 그 호박단 저고리 고름이 손짓을 하는 것 같아. 쫓아가고 싶어지는 거야 그것을*

그리고 냄새. 이런 냄새는 처음이다. 그날 하늬바람 불었는데. 하늬에 실려온 냄새. 누구의 것도 아닌 것. 어느 것과도 같지 않은. 비린내. 한 번도 만져본 적 없는. 내장을 움켜쥐고 비트는. 냄새
거기 섞여 있는 희미한 익숙함. 그것은 내가 아는 것
나는 달려내려갔어. 냄새를 향해. 무엇이 나를 달리게 하는지 이해하지 못한 채. 내 심장이 가리키는 곳으로

너와 들어가 놀았지. 아늑하고 서늘한 그곳. 나는 기억한다. 거기 그저 가만히 있는 것이 모든 것이었던 초가을 오후. 거기서 나는 거였지 냄새. 굴. 동굴. 입구에 잣밤나무. 가지에 무언가 걸려 있었어. 망태기. 그 안에 무언가 담겨 있었어

아 그건 아기. 물애기. 파랬어. 입술. 작은 입술이

그 아래 타오르는 무더기. 피어오르는 검은 연기

오 그건 사람. 얼굴을 알아볼 수 없는. 그러나 더러 아는. 불타는, 사람들. 수십 개의 다리. 그을린 몸들. 여기에 있니. 너. 뒤엉킨 몸들을 들추며 나는 너를 불렀지. 가 가 가 가, 검은 새들이 하늘 위를 빙빙 돌며. 가 가. 너는 어디로 갔는가. 나는 달렸어. 트럭이 머리를 두고 있던 쪽으로. 살아 있어라. 눈물이 바람에 흩어졌어. 살아, 억새들 사이를 나는 달려가느니, 거기 있으라

그날따라 하늬바람 불어 흔들리는 억새들. 누구를 부르는 손. 붙잡으려는. 누구를. 누구를

너는 모르지. 함께 잠들었던 방. 심장을 포갰던 밤. 무서운 꿈을 꾸다 깨어 너의 얼굴을 오래 들여다보고 있었던 것. 우리, 서로 바라보는 존재. 나는 그때 생각했다. 너를 지켜주고 싶다

그리고 왔어. 그들이. 개라고 불렀지 사람들은. 검은 개라고. 누렁 개**라고. 검은 개가 온다. 누렁 개가 온다. 그들이 왔어. 크고 검은 가죽신을 신고

그들이 오기 전 우리는 들었다. 우리가 뛰어놀던 해안마다 물이 깊은 소울음 소리를 내던 것. 바다의 것들이 일제히 우는 소리. 음울한 절 울음***. 우는 숨결
우리는 보았다. 잿빛 눈이 내리고 연못마다 죽은 개구리들 가득히 떠오른 것을. 그리고 그들이 왔다
우리는 또 들었다. 실성한 바람의 곡성. 까마득히 우는 대지, 대지를

나는 보았다. 그들. 총을 든 검은 개 누렁 개
닮은 얼굴을 향한 적의를 나는 이해할 수가 없었다
그리고 나는 보았다. 검은 부리가 물고 날아가는
눈동자들을

나는 생각한다. 얼마나 가련한 존재인가. 꼬리도 없는. 거짓을 감추기 위해 꼬리마저 지운 족속들은
인간. 동족을 사냥하는 생물. 제 종족을 살육하는 종

그러나 인간. 묻는 사람들

죽은 몸을 묻어주던 마을 사람들. 교대로 망을 보면서. 사냥꾼들이 다시 올 테니까. 경해도 살아남은 사람들은 살아남은 값을 해삽주. 그들이 말했다. 그리고 묻었다. 그 몸들을. 불타다 만. 엎어진. 널브러진. 피에 절어 뒤틀린

그래. 인간. 묻는 자. 슬픔으로 창자가 녹아버리는
그러니까 우리, 묻는 족속. 너와 나. 너희와 우리. 우리는 소중한 것을 땅에 묻는 종족

너는 묻혔는가. 어디에. 너를 찾아 헤맸다. 모든 마을 온 섬을. 모든 시간과 대지를 헤매느라 이제 나의 귀는 늙었다. 나, 두 세계에 속한 자. 오래도록 기다리는 심장. 끝까지 버티는 존재. 너는 그것을 알려주었다. 사랑. 지켜내는 것. 번뇌의 여러 이름. 달을 보고 짖는 피

너를 잃고 나는 노래를 잃었는데. 나의 피가 식고 있다. 죽음이 다가오고 있다. 이제 가겠다. 너 있는 곳. 하늬가 분다. 네 얼굴을 핥고 싶다. 너의 냄새를 맡고 싶다. 그곳에도 냄새가 있는가

나, 체취를 그리워하는 생물. 알아보는 자
너의 것이었던 떠돌이. 너를 지켜주지 못한
너의

개

개

나 혼자서 부락을 돌아보단 개를 하나 만났는데,
그 개도 그렇게 친해요.
그것도 사람이 그리우니까 벗하려고
아주 오래 자기를 길러준 사람처럼 해요.*

다리 사이에 꼬리를 숨긴
개여,
친한 슬픔이여

우리는 그리움 때문에 죽을 수도 있는 짐승
마침내 종족을 죽일 수도 있는 족속이어서

이듬해 그 밭엔
꿩마농조차 굵었는데

왜 어떤 개들은 사람의 표정을 하고 있는지
꼭 전생에 알았던 사람처럼 다가오는지

개여,
웃는 짐승이여
이렇게는 태어나지 말거라
그리워하는 짐승으로는

거짓을 모르는 꼬리
사람의 손길을 기다리는
목덜미로는

* 제주 조천읍 선흘리 4·3 사건 피해자 김상효의 증언.

동백동산

동백동산 가지마다
벌들 날갯짓 소리

달려오네
제무시 엔진소리

선흘 사람들 피 스며든 자리
동박낭 붉은 키 해마다 높고

서늘한 갈맷빛 바람이 불 때
동굴 속에 아직도 메아리
부풀고 있다
울음소리로

제 손으로
우는 아기 입을 막았던 아비의 것
그 아비마저 다시 잃은 여자의 것

한겨울에도 새어나오네
곶자왈 숨골마다
흰
입김

목격한 나무들은 죽지 않는다
—늙은 불칸낭*

목격한 나무들
다시 꽃대를
밀어올리지

이제 꽃잎으로
눈물을 닦아

꼭꼭 곱으라
곱을락 할 때면 내 뒤 숨곤 하던 너
풋귤 같았어

그해 귤은 쓰디써 먹을 수 없었지

상달 하늘 찢으며 개 짖는 소리, 장독 깨지는 소리, 검은
신발, 이불에 찍힌 발자국, 차가운 총구, 와랑와랑 불길 너
머 돌아보던 눈빛, 처음 내 뿌리를 원망할 때 지글거리는 수
액, 생귤 타는 냄새, 그해 귤은 익어도 먹을 이 없었지

나는 기다려 타다 남은 귤들을 매달고 흉터 위로 눈, 눈 내
리고 나는 흰, 흰 잠에 들어 눈을 뜨면 꼭, 꼭 곱으라 뿌리를
적시는 피, 곤밥 허민 나오곡 보리밥 허민 나오지 마라 꼭
꼭 곱으라 옷자락이 보인다 사람들, 돌아오는데 그애는 어
디 숨었니 꼭꼭 곤밥 했는데 어서 나와 툭툭 연두 새순 터지

고 꽃, 밥풀 같은 흰 꽃들 고봉으로 지어도

　새파란 이파리들만
　빈 들을 채우고
　덤불을 이루었지

　목격한 나무들은 죽지 않는다

　불탄 둥치에 풀씨들 날아와
　솜털 반짝이는 사월

　그러니 늙은 아이야
　이제 나의 꽃잎으로
　눈을 덮으렴
　꽃잠을 자렴

* '불에 탄 나무'란 뜻의 제주어.

송애기

모래밭에 먹일 풀이 어디 있어야지
바닷가 가면 먹을 게 없어 죽을 거야 너는
어여 올라가라 돌을 던지면
가다가도 가다가도
돌아서 보면은 또 따라오고
내가 내려오려니까 꽁무니 졸졸 쫓아오는 거야
아이구 가라 내려가면 죽는다
빨리 가버려
막대기 휘두르면 뒤돌아 가는 척
다시 돌아서서 귀만 쫑긋쫑긋 눈치보던
나도 오늘 죽을지 내일 죽을지 몰라
너를 어떻게 키워
몰라 너라도 살아
조금에 난 송애기는 어미를 잘 따르지 않는다는데
내가 잘 키워보려고 무진 애를 썼는데
끝내 내 것이 못 됐지
예쁜 송애기 한 마리 키웠었지
나의 첫 기룬 것
돌아서면 따라오고 돌아보면 쫓아오는
슬픈 두 눈
어린 내게 무언가 묻고 있었지
칠십 년을 묻고 있지
송애기의 눈

어떤 눈빛은 평생 되새김질해도
삭지가 않아

폭넓은 치마

1
눈에 햇빛 내려
석류알처럼 벨롱벨롱 빛나는데
캄캄하다
왜 잠이 몰려오지

철컥 쇠 걸리는 소리에
엄마는 우리를
치마로 감쌌다

눈밭에 펼쳐진 엄마 치마가
새빨갛게 물들어갔다
나는 그냥 막 잠이 와

잠이 들어서 나는
살았다
죽다가 말았다 나만
엄마 치마 속에서

붉은 잠이 나를 쫓아온다
발을 적신다

너븐 겨울밭에 여태

먼나무처럼 서 있는
일곱 살 나

큰 산에 벌써 첫눈이 와신가
이추룩 발목이 시린 건
총알 자리 애린 건

2
할머니 치마폭에 숨어
병아리처럼 내다본
학교 마당
총 든 사람들

돌아보는 아버지
두 눈이 나를 찾을 때

커튼을 치듯
할머니는 치마로
어린 눈을 가려주었는데

저물어 돌아온 어머니
갈옷 치마엔
피가 묻어 있었다

3

큰할망이 있었단다
치마폭에 흙을 담아
큰 산 만들고 못을 파서
하늘 사슴 다 먹였단다

큰할망이 큰 산 만들 적
치마에 난 구멍으로 솔솔
새어나온 흙들
다랑쉬 새별 따라비
오름 되었단다

할망이 숨을 쉴 때마다
스란스란 흰 레이스 자락을 끌며
바당이 내게로 온다
서쪽 하늘 숨살이 혼살이꽃
열두 폭 가득 담고

이리 와 설운 애기
소랑소랑 누워라
천 개의 꽃잎이 열리는 밤
천궁에 뜬 별들
할미 치마 구멍마다

자랑자랑 새어나오는 빛이야
설운 애기 웡이 자랑
나비잠 자거라

4
동백은
나무마다 붉은 치마 벗어두네

동박새들의
연둣빛 깃털이 되려고

* 폭넓은 치마:『양철북』(귄터 그라스, 장희창 옮김, 민음사, 1999)
제1부 1장의 제목에서 빌려옴. 주인공 오스카의 외할머니가 감자밭
에 앉아 있다가 경찰에 쫓기던 남자를 네 겹 치마 속에 숨겨주는 장
면으로 소설은 시작된다.

— 　기동타격대
　구성회(16) 양화공, 김공휴(19) 나전칠기공, 김기광(18) 나주한독고3, 김대찬(19) 석공, 김두전(19) 재수생, 김상규(19) 전파사, 김여수(20) 용접공, 김재귀(16) 동일실업고2, 김행남(19) 노동, 나일성(18) 가구공, 남승우(19) 샷슈공, 남영관(18) 농업, 도준식(23) 식당종업원, 박명국(18) 양화공, 박승렬(20) 레코드사, 박영수(18) 도자기공, 박인수(21) 노동, 박홍식(21) 목공, 안성옥(19) 목공, 양기남(19) 샷슈공, 윤석루(20) 자개공, 염동유(23) 다방, 염용섭(19) 나전칠기공, 오정호(33) 식당종업원, 이성주(18) 차량 조수, 이재춘(20) 방위병, 이재호(33) 회사원, 임성택(17) 양복공, 장승희(19) 양화공, 정광호(20) 타일공

　일반시위대—나주지방
　구명수(30) 목공, 김봉수(27) 고물상, 김영창(40) 신문 보급, 김오진(21) 농업, 남용기(47) 농업, 박순철(22) 농업, 박옥률(24) 농업, 박윤선(24) 목공, 박창남(27) 용접공, 유재홍(25) 행상, 이재관(21) 방위병, 이정기(21) 농업, 최성무(22) 방위병, 최재식(24) 노동, 홍인주(21) 방위병

　일반시위대—해남지방
　김덕수(34) 가구상, 김영하(23) 다방, 박충렬(33) 운전사, 박홍길(21) 농업, 서형진(21) 농업, 윤식(19) 운전, 이병수
—

(26) 상업, 이상준(29) 제화공, 조계석(33) 커텐상, 최재철 ¯
(27) 운전, 최광렬(23) 운전, 황우(23) 농업

일반시위대—화순지방
강성남(22) 자개공, 김성전(34) 노동, 김영봉(29) 노동,
김옥수(25) 주방장, 김정곤(32) 운전사, 김종삼(28) 목수,
김종철(31) 제과공, 나정석(29) 행상, 문관(23) 공무원, 문
민기(26) 건축공, 박내풍(23) 구두닦이, 박홍철(27) 광업
소, 배봉현(26) 노동, 오동찬(27) 노동, 이장갑(21) 상점근
무, 조경남(27) 차장, 정찬복(25) 공원, 차영철(29) 노동, 천
주일(29) 운전사, 김상호(17)⋯⋯(후략)
　　　　　　　　　　　　—5·18 광주민주화운동 구속자 명단

*

"1980년 5월 21일 광주 금남로 리어카 두 구의 시신을
알고 계신 분을 찾습니다"
—당신의 제보를 기다립니다—

2021년 10월 27일 서울역,
5·18민주화운동진상규명조사위원회 벽보 앞을
마스크 낀 사람들이 지나간다. 지나쳐 간다

합동 분향소

언니 오빠들 사진이 왜 이렇게 많이 있어?
대답하지 못했다
다녀오겠습니다
문을 나선 봄
그 너머를 나는 말할 수 없었다

눈동자에 수십의 눈부처가 담긴다
흰 국화를 들고 어리둥절한 어린 손들
왜 아저씨들이 한꺼번에 사진으로 모여 있는지
물류창고에서 몇 밤을 돌아오지 않는 아빠는
검은 띠를 두르고 왜 여기서 웃고 있는지

표준국어대사전에 다녀-오다는 「동사」
'어느 곳에 갔다가 돌아오다'
'다니다'와 '오다'의 합성어
동작의 완결성을 내포하는 한 단어
입니다만 비트겐슈타인 선생님
그러나 여기는
자본의 칼이 단어*word*를 가르는
다녀/오다의 세계*world*입니다

다녀올게, 인사하고
다녀-떨어집니다 다녀-부서집니다 다녀-무너집니다 다

녀-끼이고 다녀-깔리고 다녀-치이고 다녀-눌립니다 다녀- ⎺
갇히고 다녀-잠깁니다 다녀-그을립니다 다녀-묻힙니다
　돌아옵니다 피동태로
　다녀옵니다 구조되지 못한 죽음으로

　다녀올게
　현관문 안에서 오늘도
　내 가슴이 조용히 내려앉을 때
　빌딩은 키가 자랍니다

　빌딩은 미끈하고
　세계는 매끈합니다

타임라인
—bombing:blooming:blooding

"축구 잘하던 아이가 공습으로… 친구 무덤 찾은 팔레스타인 소년들"

(서울신문 2021. 05. 20. 13:15/ 사진: 동생 모하마드(10, 가운데)는 "시위 당일 형이 먹을 것을 주고 갔다. 형이 내게 남긴 마지막 말은 무슨 일이 생기더라도 아버지 어머니가 혼자 울도록 내버려두지 말라는 것이었다"고 슬퍼했다.)

"'이스라엘에 8천억 무기 판매' 바이든 승인에 미 의회 제동 시도"

(연합뉴스 2021. 05. 21. 01:30/ 사진: 팔레스타인 가자지구에 곡사포 발사하는 이스라엘군)

🔔 beheve님 외 21명이 내 트윗을 마음에 들어합니다

"내가 가장 좋아하는 꽃"

(2021. 05. 21. 10:58/ 사진: 흰 작약꽃 송이들)

⌐ LeeLea @lea1376 혹시…… 작약인가요?

⌐ @crazy_huh 네 제가 환호작약하는 작약이랍니다☺

곡사포 연기구름이 피어오른다. 스크롤 다운. 작약이 우아하게 폭발하고 있다. 연기와 작약이 나란하다. 둥근 연기구름이 작약꽃을 닮았다. 아름답다. 생각한다. 아름다워도 될까. 아름답다고 느껴도 될까. 생각한다. 언제 또 이 생각을

했더라. 아름답게 써도 될까. 스크롤 다운. 고통을 그려내는
문장이 아름다워도 되는가. 물음표가 새로운 이미지에 지워
진다. 스크롤 업. 무슨 일이 일어나고 있나요? 미얀마, 폭발
물 터져 열한 살 어린이 숨져… 여태 800명 사망. (광고) 돈
버는 퀴즈 풀고 캐시 적립하세요. 터치. 불발탄 위에 앉은 가
자지구의 팔레스타인 자매가 나를 보며 미소 짓고 있다. 신
발이 내 아이의 것과 같다. 보라색 크록스. 냉장고에는 아이
가 만들어준 카네이션이 붙어 있다. 일주일 뒤가 벌써 생일
이네. 가자지구는 이스라엘의 봉쇄 조치가 있기 전까지 유럽
의 주된 꽃 공급지였다. 터치. 스크롤 업. 무슨 생각을 하고
있나요? 열한 살한텐 뭘 사줘야 하나. 남부의 라파와 북쪽의
베이트 라히야 등지에 100여 개 꽃 농가가 있었다. 이들은 주
로 카네이션과 장미를 길렀다. 생각났다. 그 생각을 언제 했
는지. 하라 다미키를 읽으면서였지. 탭. 캘린더. 5/28-파티
용품 준비(풍선, 폭죽, 케이크, 꽃). 터치. 제목이 '여름 꽃'
이었나 '여름의 꽃'이었나. 탭. 벌써 여름이네. 스크롤 업. 무
슨 생각을 하, 21일 0시 기준 신규 확진자 561명 발생. 누적
확진자 13만 4678명. 긴급재난 문자가 타임라인을 가린다

지나가는 사람
—광장 혹은 시장

깃발을 든 관광객들이 지나간다 풍선을 든 연인들이 지나간다 팔짱을 낀 구름들이

엎드린 어미 앞을 지나가는 아이스 아메리카노와 8차선 도로를 질주하는 소나타 포르쉐와 돌베개를 밟고 선 나이키 아디다스와

애도의 시를 읽는 사람 옆에 우리 승리하리라 확성기 소리 높이는 서울, 그 히스테리

스파게티집에 늘어선 긴 줄은 허기에 대해 고찰하지 않는다 아이스바를 빨며 천막 안을 기웃거리는 구경꾼들의 외설 '이 선을 넘지 마시오'

당신은 시민이 아니라 탑승 번호일 뿐 배달중 분실된 상품이 된다 사랑합니다 고객님 송장번호를 확인해주시기 바랍니다 여보세요 여보세요 여보ㅅ

지나가는 사람 1 지나가는 사람 2 지나가는 사람 3…… 지워지는 사람 9 지워지는 사람 1234567…… 저기 바쁜 사람 저기 아픈 사람 저기 나쁜 저기요 아니 여기요 당신이 지나가버렸으므로 다시 오지 않을 여기 여기요

죄송합니다 고객님 메모리는 read될 수 없습니다

초
—겨울 파종

전광판에는 광고와 숫자들
끊임없이 태어나 흘러가고
어둠이 한기로 스며나올 때
그들은 자신의 흰 뼈를 들었다

불을 덜어주고
빛을 일으켰다
얼음의 거리에서 나누었다
밥과 물을
긴급해서 짧은 것
이를테면 초와 시

그리하여 너의 피가 나의 몸 흐를 때
반도의 산맥들 우둑우둑 등뼈를 일으키고

유채꽃 들판처럼
일렁이는 불의 노래
우금치 아우내 금남로로
관덕정 광화문으로
꿈틀거리는 빛의 줄기

내 몸 위로
오, 사람 사람들

언 땅에 밀을 뿌리는 손들이
검은 바다
목말 탄 아이의 눈 속에도 촛불을 켠다

눈동자에 담긴 그 불꽃으로
아이야 너는 살아갈 것이다

설움이 나를 먹인다

소풍 나온 것 같네

바다를 앞에 두고
유족회에서 나눠준 도시락을 먹는다

무심결의 소풍이
가시처럼 걸려
생선 한 점 고수레로 던져놓고
무연고 객들이
음복을 한다

멍빛 갯쑥부쟁이 피는 올레 첫 코스
끌려가며 마지막으로 걸었을 모랫길
허리 굽은 이들이
칠십 년을 포개며 간다
그들 손에도 하나씩 도시락이 들렸다

초하루 높은 사릿물이
발자국을 지운다

도시락이 실하네
문어젓갈을 썹다가 떠올린다
부향순 전복죽, 컵누들 우동맛, 마스크 세트

발목에 철심을 박은 할머니는
받아둔 위문품을 내어주면서
이제 나갈 일이 엇어노난

폐를 잘라낸 할아버지는
손주들 주려 만든 감저 빼때기를 싸주며
그땐 저걸로 연명했어요

손가락 두 개가 뭉툭한
팽목항 소연 아빠
그가 건네주던 시든 귤도
다섯 살에게 찔러주던 만원도

설움에게 잘도 얻어먹고 다녔구나
울음의 연대라고 생각했던 것
실은 당신 것으로 연명해온 일
겨울 광화문 보리차도
곱은 손 녹이던 핫팩도

경찰 버스 아래
언 아스팔트에 누웠던 유가족
맨몸의 바리케이드도
슬픔이 시민의 보호자였다

회복기
─연고

올해는 귤꽃이 하영 와서
나는 잘도 쓸쓸해져요

남의 무덤에라도
엎드리고 싶은
봄날인데요

무연고 묘지에 햇살은
약사여래 손처럼 다사롭고
목 긴 미나리아재비
산담* 밖 내다보는데

연고 없는 슬픔이 어디 있을라고요

매인 말의 눈에 흐르는
봄빛

외면하고 돌아올 때
바다는 너무 반짝여 설워요

고사리 봄봄
노래 부르던
무자년 그해

순금**의 웃음처럼

터진목 팽목
젖은 명단 속
글썽이던 이름

햇노란 나비들
부르는 듯
이끄는 듯
봄날인데요

---

* 제주에서 무덤을 둘러 쌓는 낮은 돌담.
** 김순금. 성산일출봉 입구 터진목 4·3 기념비에 새겨진 희생자
중 한 명. 한편, 2014년 4월 16일 세월호에 탑승한 승객 김순금씨
는 이날 동창생들과 함께 회갑 기념으로 제주 여행을 가다가 참사
를 당했다.

5부

세상에는 이런 것이 아직 있다

춤추는 별

두 다리로 버티고
서서 운다

날개는 글쎄 어디다 두고
꿀벌의 슬픔이 커서
나의 내부를 볼 수 없었다

흘러내리는 것

그래 슬픔이어야 해

너의 슬픔이 나를 움직이게 한다

음악이 흐른다
세포가 흘러간다
시간이 팽창한다

흐르는 것만 믿기로 해

모르는 노래도
함께 부를 수 있어

중심을 여기에 가져오지 마

춤출 줄 몰라도 춤출 수 있어

바람을 가득 안은 나무
하늘을 헤엄치는 물고기

춤을 추어보자 바리
죽은 사람의 붉은 옷을 입고

아기의 착한 정수리
푸른 바람의 꼬리
지문마다 깃든 별들의 내재율 따라
덩굴처럼
은하처럼

우리는 문을 열고 들어와
춤을 추지
그리고 문을 열고 나가

그게 전부야

두렵고
아름다웠어

귤

기다리는 동안은
손바닥이 노래지는 시간

노래지는 시간은
노래가 되어가는 사이

문밖에 귀를
기울이는 겨울마다
귤이 있었다

이제 옛날같이는
사랑할 수 없을 것이다

코트 주머니에서 꺼내주던
따뜻해진 귤처럼은

눈 쌓인 산마을
귤빛 창에 어린
두 사람의 실루엣처럼은

너를 뱄을 땐 아빠도
읍내 나가 귤을 사왔어
자루에 숨겼다가

할머니 몰래 꺼내주었단다

그 겨울 나는 겨우
귤조각보다 작았지만
좋아하기로 했지
간결하고도 긴
멀리로 구르는 이름

귤

그러나 이제 다시는
겨울밤 북쪽 방에 퍼지던 남국의 향기
그런 옛날의 이야기처럼은

껍질을 까다가 얼굴을 향해 뿌리던
애인의 앳된 장난처럼은

무릎

능소화가 피었던가 그날
자귀나무는 폭죽 같은 꽃들을
터뜨렸던가
향기로운 언어로
흐드러지던 여름이었다

당신이 오지 않을까봐
꿈에도 발목이 젖어 있던 밤들

보내고 돌아와 울 때
내 들썩임에도 떨어지던 꽃잎

무릎이 꺾여본 자만이
바닥을 알 수 있다고

당신은 가방에서 구겨진 꽃을 건넨다
다시 무릎을 굽혀 신발끈을 매어준다
등을 내어준다

신이 인간의 무릎에
두 개의 반달을 숨겨둔 이유

엎드려 서로의 죄를 닦아내라고

그것은 대지에 무릎을 꿇고
정원을 가꾸는 일

무릎 속에 뜬 달 이지러질 때까지
흙속에 손을 넣고

스윙바이

내가 손을 내밀었을 때
다른 차원에서 뻗어나온 하나의 손
그것은 아득한 악수

아주 오래 알던 사람의 손처럼
어쩐지 안심이 되고
은하와 은하의 작은 돌기가
잠깐 닿았다

그것은 다른 우주의 내가
이곳의 나와 잠시 교차하며 닿은 순간
당신이 훔친 기억

어떤 탐사선은
어두운 행성에서의 몇 분을 위해
아홉 번의 봄을 막막히 달려왔다
우주에 흩어질 노래를 싣고

그네를 밀어주는 손처럼
당신의 중력이 나를 끌어
나는 더 멀리로 떠난다
내가 훔친 당신의 것으로

단 한 번 스치기 위해
혼자서 수천 광년 달려온
저녁 별의 허기에
누군가의 기도가 반짝인다

그리고 이제
희도록 퍼붓는 빗속에
발을 내딛는 사람아
먼 곳에서 어느 먼 시간으로
잠시 서글픈 곁이 되려고

* 스윙바이: 근접 비행. 외행성으로 가는 탐사선들이 태양이나 행성
들의 중력을 이용하여 속도를 훔쳐 가속을 얻는 비행 방법.

여름밤

네가 긴 손톱으로
팔을 긁을 때
살강살강 참외 씹는 소리

사람들은
사진 속에서처럼 모두 웃고

날 듯 날 듯
나지 않는 기억

즐겁게 춤을 추다가
춤을 추다가

여름이 갈라지며
잔에 부딪는 소리

내 등에 손가락으로 썼던
획이 지워진다

빈 마당에
살구가 떨어진다

벌레들이 꽃 뒤에서

사랑을 나눈다   ―

먼바다에선 물결이 높게 일겠고

후라보노

젖은 시야 안으로 들어오던
조용한 기척

등록금 받으러 갔다가
빈손으로 돌아오는
춘천행 심야 버스였다

쏟아진 머리카락 아래로
껌 하나를
건네오는 두툼한 손이 있었다

고개를 숙인 채 껌을 욱여넣었다
귀밑으로 침이 고였다

껌 종이를 작게 작게 접으며 나는
후라보노 후라보노
콧물 섞인 껌을 씹었다

단물이 다 빠질 때쯤
들썩이던 어깨도 잦아들고

그 어깨 위로
무거운 흡처럼 떨어지던

모르는 이의 고단함

흔들리는 시외버스
껌이 삭도록 나는 움직이지 않았다

이 세상에서 내가 베푼 선행이란
그게 다인지 모른다

우리의 가장 나종 지니인

허옇게 잘린 토막들
내게로 손을 뻗치고 있다
길을 움켜쥐려는 것처럼

뼈가 시린 딸을 위해
어미가 닭발을 곤다
맨발이 종종거리며
바닥을 스치는 소리
누워 있는 내 귀로
종일 흐른다

足이라는 글자는
언제나 달리고 있어
길을 얻을 때까지
발바닥이 더러워져 돌아오는
더러워짐으로 쫄깃해지는

삐걱이는 뼈를 맞추고 일어나
이불 밖으로 나온
흰 음표들을
물끄러미 바라보는 밤이다

절룩이는 걸음으로

언 마당을 건너온
얼룩 고양이
차 밑으로 숨어든다
발을 핥는다

힐스테이트

언니는 높은 데서만 사네요
구두를 벗으며 소연은 무심한데
신발들을 치우는 척
나는 달아오른 얼굴을 숙인다
너는 올 때마다 힐을 신는구나

어쩌면 정말이지
스물 첫 서울살이 약수동 단칸방도, 신당동 재개발 지구
반지하도, 스물셋 첫 독립 화양동 옥탑방도, 스물다섯 첫 직
장 보문동 원룸도, 서른 첫 투룸 원서동 빌라도, 막다른 골
목에 돌아앉은 계동 그 작은 집도 언덕 위, 신혼집은 명륜
동 8번 마을버스 종점, 전세금 까먹고 옮겨간 정릉동 171번
종점

초본 세 페이지 나의 주소는
모두 종점이거나 山번지여서
애인들 언제나 골목 입구에서 돌려보내고
신발장에 하이힐이 없는 이유
이제 깨우친다

우리도 엘리베이터 있는 집에 살자
딸은 내 소매를 끌고
운동 되고 좋잖아

나는 딸의 손을 잡아끈다
종점에 내려서도 가파른 언덕
홈스위트마이
힐스테이트

유물

한밤중 문틈으로
푸른빛 새어나와
모노륨 바닥에
얼룩을 만들고 있다

텔레비전에서는
빨간 입술 과장된 표정
어르신 노래 교실 강사가
구시대의 노래를
구시대적 창법으로 교습한다

푸르게 젖은 방
먼 나라로 가다가 가라앉은
고려의 배처럼
그 배에 실린 청자처럼
쓸쓸한 등 하나가
노래를 따라 부르고 있다

물살에 기우뚱 몸도 흔들며
꽃잎은 빨갛게 멍이 들었소

실금이 간 사발
청잣빛 목소리로

잊혀진 밤의 해저
푸르게 물든 사람이
천천히
가라앉고 있다

눈물은 늙지 않는다
—얼음새꽃

목소리가 떨린다
무릎 위 주먹이 떨린다
굽은 등이 부풀어오르고 꺼지며 흔들린다
꺼진 뺨 늘어진 살이 떨린다

그러나 깊은 데서 끝내
길어올려지는
주름들 속으로 번지는 물

우는 노인을 보는 일은 난처하다

팔십 늙은 사람이 울 때
무른 눈에서 살가죽 위로
눈물이 번지는 걸 바라보는 일

왜 우리에게는 이런 것이 있어서
몸은 온통 마르는데 살도 침도 마르는데
눈물은 늙지를 않나

노인은 이제 서러운 노래를 들려주며 우는데
나는 학살도 전쟁도 모르는
새파란 육지 것
말 모르는 사람처럼 그저

손이나 잡고 있어보는데

아이고 손이 왜 이렇게 차요
그의 다른 손이 나의 손을 덮어준다

그가 소파에 깔아준 전기방석
궁둥이가 뜨거운 걸 참으며
세 개의 손이 포개어진 채
눈 둘 데 없어
창밖 귤나무나 쳐다보고 있는데
남아 있는 귤 위로
솜눈이 내린다

내려 녹는 눈을 보며 나는 생각한다
얼음 사이로 처음 피는 꽃

눈을 삭이는 꽃의 체온이란 것에 대하여
제 열로 얼음을 녹이는 꽃
노인의 살갗처럼 얇은 꽃잎에 대하여

울다 말고
내 찬 손을 덮어주는
이 마른 손 때문에

모음

잊지 마
마음은 바람 같은 것
보이지 않아도 보여
다른 몸으로

눕는 풀
구름의 흘러감
비닐봉지의 춤

바람은 모음
드러나게 하는 것
뜻이게 하는 것

너 나
시름 설움

모음은 마음 같은 것
남쪽 섬의 말로
마음은 모음이야
풀 물 술 숲 숨 춤 욺
모음이 들리면 생각해
말(言)의 마음

남쪽 섬의 말로
바람은 보름
달은 돌

보아라 보아라
아에이오우
들판 가득 모음이 불어오는
봄이야 봄이야

voila voila
분명히 있잖아 보이지 않아도
물고기가 부르는 구름 노래
오요우유위
we we
oui oui

첫눈

곡기를 끊고
누운 사람처럼
대지는 속을 비워가고

바람이
그 꺼칠한 얼굴을
쓸어본다

돌아누운 등뒤에
오래 앉았는 이가 있었다

아— 해봐요 응?
마른 입술에
떠넣어주던
흰죽

세상에는 이런 것이 아직 있다

설움 기록 —
선우은실(문학평론가)

허은실의 이번 시집에서 단연 눈에 띄는 것은 죽음과 역사
다. 특히 시집의 중후반부에 배치되어 있는 많은 시는 제주
4·3 사건(「순례자」「목격한 나무들은 죽지 않는다—늙은 불
칸낭」「폭넓은 치마」「*Kommos*: 바람 타는 섬」 등)을 비롯
해 4·16 세월호 참사(「합동 분향소」「설움이 나를 먹인다」)
와 5·18 민주항쟁(「배후」)을 떠오르게 하며, 나아가서는 세
계적 문제, 이를테면 팔레스타인 가자지구 폭격이 야기한 죽
음(「타임라인—bombing:blooming:blooding」)으로까지 뻗어
나간다. 이 시집의 앞부분이 후반부에 비해 비교적 식물성으
로 대변되는 이미지를 사용하고 있음을 고려한다면 언뜻 결
이 다르다고 느낄 수도 있겠으나, 앞부분에 배치된 시의 식
물성이나 토속성 또는 삶을 호명하는 과정의 끝에 결국 죽
음이 따라오고 있음을 고려해야 하겠다. 이 시집은 죽음이라
는 거대한 이미지를 품고 식물성에서 역사적 사안으로까지
확장되는 일련의 흐름을 지닌다. 특히나 죽음으로 모아지는
시의 정서를 고려할 때, 이른바 '풋것'으로 환기되는 식물적
생명력은 곧 그것을 관찰되는 화자에 의해 개인(혹은 인간)
의 죽음 성찰로 이어졌다가 마침내 타인의 죽음까지도 한데
아우르며 시적 영역을 확장해나간다. 그 연속선상에서 종래
에 이 시집이 '죽은 존재 되어보기'를 시도하고(동시에 그
에 실패하고) 있음을 살피며 하나의 길을 내어보기로 한다.

생으로 환기되는 죽음과 부채감

　허은실 시의 식물성은 첫 시집『나는 잠깐 설웁다』(문학
동네, 2017)에서부터 발견된다. 첫 시집의 수록작「목 없
는 나날」에는 타인과 자신과의 관계를 가늠하는 일에 '꽃'
이 호명된다.

　　꽃은 시들고
　　불로 구운 그릇은 깨진다

　　타인을 견디는 것과
　　외로움을 견디는 일
　　어떤 것이 더 난해한가

　　다 자라지도 않았는데 늙어가고 있다
　　그러나 감상은 단지 기후 같은 것

　　완전히 절망하지도
　　온전히 희망하지도
　　미안하지만 나의 모자여
　　나는 아무것도 믿지 않는다

　　믿음은 바라는 것들의 허상

녹슬어 부서지는 동상(銅像)보다는
　방구석 먼지와 머리카락의 연대를 믿겠다
　어금니 뒤쪽을 착색하는 니코틴과
　죽은 뒤에도 자라는 손톱의 습관을
　희망하겠다

—「목 없는 나날」 부분

　이 시에서 '꽃'은 시드는 상태를 표상하는 듯 보이지만 실은 이후 '나'가 시드는 과정과 연결되는 자연물로 자리한다. '나'의 상황이 투영되는 '꽃'은 오직 자기 투영의 대상물로만 존재하지 않고 '나'가 자신의 상태를 적극적으로 말하는 일에 완전히 겹쳐진다. "다 자라지도 않았는데 늙어가고 있다"라는 구절이 이를 잘 드러낸다. 이 문장의 주어 자리에는 '꽃'과 '나'가 모두 기입될 수 있다. 그렇다면 "타인을 견디는 것" "외로움을 견디는 일", 절망하거나 희망하는 일 모두 '꽃'을 보고 자기를 투영하는 '나' 또는 '꽃'이 하는 행위가 될 텐데, 그렇게 본다면 '꽃'이 지닌 식물성은 '나'라는 시적 주체의 자기 인식과 밀접한 관련성을 지닌다.

　그런데 '나'를 성찰하면서 겹쳐지는 자연물은 녹음(綠陰)이나 건강성을 표방하는 생명력이 아니라 시들어가는 것, 죽어가는 것이라는 식물성을 지닌다. 위의 시에서도 '꽃'은 시드는 삶에 초점화된다. 이는 절망과 희망 중 어떤 쪽을 선택하는 것이 불가능하거나 어떤 것도 믿기 어려운 삶을 살아

내는 '나'의 상태와 겹쳐지며, 한껏 살아가는 무엇이 아니라
죽어가는 것으로 현현된다. 요컨대 허은실 시의 식물성은 완
전히 죽어 있지는 않되 스러져가는 것을 드러내는 정서적 원
리로 구현된다.

「회복기 1」은 사그라져가는 식물을 보며 '쓰기'의 원동력
을 호명하고 있다는 점에서 주목을 요한다.

　떨어지는 꽃을 세어 무엇하게

　밤새가 울 때면
　어디서 내 얼굴이 나 모르게
　곡을 하고 있는 것 같아

　작약 몇 송이 조용히
　흔들린다

　버리고 부르는 노래는
　어느 훗날이 보내오는 자장가인지
　소리로 지은 고치 속에서
　아홉 잠 자고

　어린 참나무 잎은
　어째서 나를 얼러주는지 몰라

덜 자란 귀들에게
허밍을 넣어주고 온다

용서할 수 있을 것 같아
겨우 쓸 수 있을 것 같아
두 마음은 왜 닮은 것인지

무너진 꽃자리
약이 돋는다

비로소 연한 것들의
이름을 쓰기 시작한다
—「회복기 1」 전문

첫 시집 수록작 「목 없는 나날」과 마찬가지로 이 시에서
도 "꽃", "밤새" "작약" "어린 참나무 잎" 등의 자연물이 등
장한다. 다만 이전의 시와 다른 점은 자연물을 전술한 뒤 화
자 중심의 진술로 전환되고 있다는 점이다. 이전의 작품에
서 자연물과의 일종의 의도적 단절을 가져간 것에 비해 이
시에서는 진술의 사이마다 시선을 옮겨 자연물을 연속적으
로 개입시키고 있다. 이러한 배치로 인해 시의 정서적 흐름,
즉 우는 행위에서 시작되어 공허와 불안을 느끼는 것으로의
흐름은 꽃이 지거나 흔들리고 새가 우는 장면이 끼어들면서

더욱 구체적으로 구현된다. 자연물이 화자의 정서적 상태와
좀더 유비적으로 가까운 상관물로서 두드러진다는 점에서
식물성은 화자의 정서적 변동의 흐름에 적극적으로 관여하
는 시적 특징으로 자리한다.

　나아가 이 시의 자연물-정서의 유사성을 통한 '서로-되기'
의 작업은 '쓰기' 행위로 연결된다. 화자의 정서와 유사한 자
연물을 병치함으로써 전개되는 시쓰기가 메타적으로 인지되
는 지점이다. 식물성의 생명력이 환기하는 스러져감에 대한
현실 인지는 식물의 객관적 상태를 지시하는 것으로부터 나
아가 화자로 대변되는 인간존재의 현실 인식을 투영한 결과
물로 볼 수 있는데, 끝내는 쓰는 행위 자체가 하나의 "용서
할 수 있을 것 같"음과 "겨우 쓸 수 있을 것 같"음으로 전환
되는 것을 구체적으로 살필 필요가 있다. 용서할 수 있을 것
같음과 겨우 쓸 수 있는 것이 거의 동일한 것으로 받아들여
진다고 가정한다면, '~할 수 있을 것 같음'은 '할 수 있음'
과 결코 같은 의미가 아님에 주목해야 한다. '~할 수 있을
것 같음'은 가까스로 그런 지경에 다다를지언정 영영 그러
할 수 없으리란 압도감을 더 크게 상기시키기 때문이다. 즉
이 구절은 정작 용서할 수 없고 또 쓸 수 없을 것 같은 괴로
움에 압도된 정서를 들이민다.

　이 지점에서 생각했을 때, 식물성과 연관 지어 발설되는
정서의 기록으로서 시쓰기란 일종의 부채감 속에서 수행되
는 것처럼 보인다. 그런데 그 부채감의 정체는 과연 무엇이

─

─ 며 왜 부채감인가? 이 질문은 이번 시집의 중핵이라고도 할
수 있을, '나'에서 타인으로의 연결 및 타인의 죽음에 대한
기억으로 존재하는 삶과 관련된다.

　　어둠 속의
　　꽃

　　부엌에는 언제나 빛나는 칼이 있었다

　　그런데 꿈속에선 어디에도
　　신발이 없다

　　가지 마
　　이승에 신을 숨기는 아이들아
　　칼을 생각하면
　　칼은 어디로
　　사라지고

　　베개 밑에 칼을 숨기면
　　칼은 흰 이빨로 웃었다
　　그런 날엔 밤새 이를 갈았다

　　베어본 기억 때문에 칼은

─

잠들지 못하는 거야

살은 칼을 물고 놓지 않는다
죽지 마

거기 왜 그러고 있어 이리 오렴
무쇠칼 옆
긴 귀가 이야기를 듣고 있다
빨간 구두 한 켤레
나를 쳐다보고 있다

아서, 그건 귀신의 것이란다
기억하지 않는다면
슬픔도 없을 것을

나비 한 마리 맨발로 칼을 건넌다
　　　　　　　　　　　　—「칼과 신」전문

　죽음의 그림자가 짙은 이 시에서 "칼"은 "꽃"으로 비유되
거나 사물이 아닌 전능한 주체처럼 취급되기도 한다. 특히
"칼은 흰 이빨로 웃었다"라거나 "베어본 기억 때문에 칼은/
잠들지 못"한다는 표현은 "칼"이 도륙을 가능케 하는 무기
이자 그러한 사람에 대한 비유적 표현이라고도 읽힌다. 이

를 더 확장시켜 "칼"을 도륙의 수행 주체만이 아니라 죽음에 이르게 하는 여러 행위의 맥락으로 여겨볼 수 있다면, "칼"은 다수의 죽음을 불러일으키는 구체적인 사건의 자리로 드러난다. 이때 "칼"은 죽음 그 자체로 현현된다는 점에서 부정적 시어로 읽히겠으나, 시적 언어가 "칼"을 그저 두려움의 대상으로만 그리지 않고, 다소간 저항의 상대로 상정하는 동시에 "기억하지 않는다면/ 슬픔도 없을 것"이라 말하는 지점을 함께 보아야 한다. "기억"과 "슬픔"을 수행하는 주체의 자리에 "칼" 또는 "칼"의 날 선 시공간에 둘러싸인 "아이들" 어느 것을 대입해도 무리가 없다. 이 두 시어가 대입된 문장이 서로 대립된 의미를 지시하지 않는다고 가정할 수 있는 까닭은 이들이 그저 적대하는 관계가 아니라 서로를 끌어안는 양태로 그려지기 때문이다. "칼"은 죽음을 기억으로서 환기하고 이곳에 도래하게 하는 일종의 시간성을 포함한 개념인 것이다.

"칼"에 여러 관계의 맥락을 부여함으로써 '죽음 떠올리기'를 수행하는 이러한 방식은 종래에는 시쓰기로 되새김질하는 기억으로 작동한다. 기억함으로써 언어-하기를 언급하는 다른 시 「이즈음 내 서글픔은」에서 "말들을 지우는 아침/ 삭제는 간단하고 속죄는 편리하"고 "내가 찾는 것이/ 나를 억압해왔다"라며 연달아 이어지는 고백을 상기컨대 시로써 찾고자 하는 죽음과 기억과 기록의 이 모든 행위성은 다름 아닌 시쓰기란 행위로 돌출된다. 다루기에 결코

편리하지도 가볍지도 않은 타인의 죽음을 온 생애로 껴안고
있는 이 문제는 시인에게 손쉽게 쓰고 또 지우고 있다는 부
채감을 불러일으킬 수밖에 없다. 내 삶이 온통 타인의 죽음
으로 지탱되고 있다고 느끼기에 '살아 있다'는 생의 감각은
곧 죽음의 그것과 매우 가까울 수밖에 없고, 살아 있음으로
서 죽음을 기록하는 것은 그 자체로 역설적 혹은 자기부정
적 행위가 된다.

죽음 감각의 확장과 죽음-되기

허은실 시의 특징적인 지점이자, 앞서 다루었던 식물성을
경유하여 생사와 자타 사이의 긴장을 폭발적으로 다루는 작
업은 타인의 구체적 죽음을 호명하는 시들이 밀집한 3부와
4부에서 두드러진다. 감정이 직접적으로 표현되는 「타인의
고통은 먼바다의 풍랑주의보카 아니다―mute」는 "말이 나
와서 말입니다만/ 말이 왜 말이 되지 못합니다"라는 불완전
한 언어로야 겨우 발설되는 말들 또는 기가 막혀 말도 안 나
오는 현실의 죽음에 대한 목격들의 시적 진술을 허용한다.
"타인의 고통은/ 먼바다의 풍랑주의보"라는 말은 "없었던
일이/ 없었던 일처럼 일어난다"라는 표현처럼, 전해들음으
로써 존재하는 현실로 이야기되지만 동시에 현장에서 그 고
통을 겪어내는 사람의 일을 보도(報道)와 '주의'를 통해 전

달한다는 점에서 현실감을 상쇄시키고 그만큼 고통에 감히
연민을 품을 수 있게 할 오만한 거리를 확보한다. 불행과 부
조리로서 타인이 겪는 일련의 사건은 분명히 존재한다고 말
해지지만 자신이 겪지 않음으로서 이미 존재하지 않는 사건
이 되어버린다. 이러한 왜곡 앞에서 시는 무엇을 할 수 있
는가? 이 질문은 시집의 앞부분에서 생사와 자타의 경계를
가늠하는 일에 주력했다는 점에 이어, 그 죽음이 구체적으
로 자신과 어떤 관계가 있으며 시쓰기란 행위와 무슨 연관
성을 지니는가로 연결된다. 그런 일련의 흐름 속에서 한국
사와 관련한 시를 읽어볼 수 있다.

　타인의 죽음에 대한, 살아 있는 자로서의 시쓰기의 기록이
죽은 자 되기가 불가능하다는 것을 체험케 하고, 일종의 죄
책감과 부채감을 수반하는 일이라 할 때, 「영두의 난간」과
같은 시는 그 책무감이 개인만의 것이 아님을 환기시킨다.
에어컨 설치 기사로 추측되는 "영두"가 업무중 추락으로 사
망했다는 서사를 가진 이 시에서 영두를 애도하는 것은 그를
호명하는 화자만이 아니다. 목숨을 담보로 하는 일을 노동자
로서 감수해야 한다고 말하는 "타락하는 도시"와 그 반짝임
을 유지하기 위한 제도가 영두의 생사에 가로놓여 있다. 이
런 방식으로 이 시집에서 죽음은 시 속 등장인물만의 문제가
아니라 그들을 둘러싼 세계의 문제로 확장된다.

　이러한 죽음의 확장은 죽음을 대면하는 살아 있는 이의
책무감이 역사적 토대와 관련되어 있다는 성찰로 나아간

다. 이에 대해 시인이 육지를 떠나 제주 생활을 하면서 제주 4·3 사건에 관심을 갖고 작업한 여러 저작 활동을 또한 고려할 수 있다. 살아 있기에 발 딛고 있는 이 물리적 환경들, 그리고 구축된 제도와 사회의 유지란 어떤 이들의 죽음을 담보한 것임을 드러내는 강력한 고요다. 이를 시의 상황에 적용할 때, 한국 근현대사의 흐름 속에서 생존중인 '나'의 존재가 모종의 폭력 사태로 스러져간 이들의 죽음을 딛고 있음을 환기하는 데 실제 삶의 풍경이 적용되고 있음을 알 수 있다.

　그런데 구체적 현실 사건을 다루는 시를 전개하는 과정에서 흥미로운 것은 앞서서는 '관찰되는 것'이었던 식물들의 이미지가, 제주 4·3 사건을 다루는 시에 와서는 그저 대상으로만 현시화되지 않고 '-되기'를 하려는 시쓰기의 시도 속에서 발언의 주체로 등장한다는 점이다. 특히「순례자」와「목격한 나무들은 죽지 않는다―늙은 불칸낭」은 식물성의 이미지를 이어가되 자연물 자체를 인간사 속 참혹한 살해의 현장을 목격하는 화자로 삼는다. 자연물 화자의 시선은 그가 지금 4·3을 말함으로써 영구히 역사의 과오를 잊지 않고, 또 잘못된 것을 바로잡으며 잘못된 것을 일으키지 않겠다는 의식을 고취시키고 그러한 죽음의 시간에서 살아남아 그야말로 생존해 있다는 것이 무엇을 의미하는가를 묻는다. 이에 착안하여 두 시를 나란히 놓는다.

쉿, 산엣것들 귀를 세운다. 숲속 눈동자 멈추어 선다. 온다. 그것이 오고 있다. 발바닥을 통과하는 검은 땅의 떨림. 온다. 사납게, 으르렁거리는. 곶자왈 하늘로 새들, 일제히 날아오른다. 숲을 흔드는 포성. 다시 터진다. 인간이란 얼마나 시끄러운 존재인가. 에무원. 제무시. 그들. 그들이다

(……)

그날따라 하늬가 불었는데, 여자들의 고름이 반들반들 막 홀리는 거야. 자꾸 가고 싶어졌어. 정신이 그냥 이상해진 모양인지. 자꾸 그 호박단 저고리 고름이 손짓을 하는 것 같아. 쫓아가고 싶어지는 거야 그것을

(……)

그들이 오기 전 우리는 들었다. 우리가 뛰어놀던 해안마다 물이 깊은 소울음 소리를 내던 것. 바다의 것들이 일제히 우는 소리. 음울한 절 울음. 우는 숨결

(……)

나는 보았다. 그들. 총을 든 검은 개 누렁 개
닮은 얼굴을 향한 적의를 나는 이해할 수가 없었다

158

그리고 나는 보았다. 검은 부리가 물고 날아가는
눈동자들을

나는 생각한다. 얼마나 가련한 존재인가. 꼬리도 없는.
거짓을 감추기 위해 꼬리마저 지운 족속들은
인간. 동족을 사냥하는 생물. 제 종족을 살육하는 종

(……)

나, 두 세계에 속한 자. 오래도록 기다리는 심장. 끝까지
버티는 존재. 너는 그것을 알려주었다. 사랑. 지켜내는
것. 번뇌의 여러 이름. 달을 보고 짖는 피
―「순례자」 부분(강조는 인용자)

목격한 나무들
다시 꽃대를
밀어올리지

이제 꽃잎으로
눈물을 닦아

꼭꼭 곱으라
곱을락 할 때면 내 뒤 **숨곤 하던 너**

풋귤 같았어

　(……)

　나는 기다려 타다 남은 귤들을 매달고 흉터 위로 눈, 눈 내리고
나는 흰, 흰 잠에 들어 눈을 뜨면 꼭, 꼭 곱으라 뿌리를 적시는 피,

　(……)

　목격한 나무들은 죽지 않는다

　불탄 둥치에 풀씨들 날아와
솜털 반짝이는 사월

　그러니 늙은 아이야
이제 나의 꽃잎으로
눈을 덮으렴
꽃잠을 자렴
　　―「목격한 나무들은 죽지 않는다―늙은 불칸낭」 부분
　　　　　　　　　　　　　　　　　　　　(강조는 인용자)

　인용한 두 시는 공통적으로 제주 4·3 사건을 다룬다. 한
국전쟁 다음으로 피해가 크다고 알려진 제주 4·3 사건은 해

160

방 이후 미군정기에 미군 및 정부가 주도한 대대적인 국민 탄압 및 살해 사건을 지칭하며, 냉전 이데올로기 시기 공권력의 무차별 공격으로 인해 무고한 제주 도민이 다수 사망한 사건이다. 1947년부터의 몇몇 계기로 1948년 10월 말부터 1949년 3월에 이르는 약 오 개월간 이 일이 벌어졌음을 상기할 때, 시인이 그때로 돌아가거나 회상하는 것은 물리적인 차원에서는 불가능한 일이다. 또한 4·3 사건을 떠올리게 하는 다른 시 「눈물은 늙지 않는다—얼음새꽃」에서 "나는 학살도 전쟁도 모르는/ 새파란 육지 것/ 말 모르는 사람처럼 그저/ 손이나 잡고 있어보는데"라는 표현을 통해 4·3 사건을 전하는 화자가 "육지 것" 즉 도민이 아니라는 것까지도 고려해본다면, 시인 또는 그녀가 쓰는 시의 화자들은 그 어떤 조건에서도 해당 사건에 직접적으로 연루되어 있지 않은 듯 보인다. 그럼에도 겪지 않은 것에 대한 시쓰기가 수행되고 있고 그것이 지금까지 짚어온 생사와 자타의 경계를 허무는 허은실 시의 행위성과 관련된 것이라면, 역사적 죽음은 어떻게 계속적으로 경험될 수 있는지 이 쓰기의 작업 양상을 살펴야 할 것이다.

이런 맥락에서 앞의 두 시를 읽을 때 특히 따로 강조해둔 부분을 눈여겨봐야 하겠다. 「순례자」는 4·3 사건으로 입산해 있던 남로당 및 도민들을 강경 진압하기 위해 산을 수색했으리라 추정되는 장면을 목격하는 자연물의 발언을 담고 있다. "산엣것들"을 관찰의 대상으로 호명하며 시작하는 이

시는 점차로 화자 자체가 "산엣것들"로 전환된다. 주어 "우리" 또는 "나"는 시가 점차로 진행됨에 따라 인간이 아닌 존재를 지시한다. 곰곰 따져보면 이러한 화자의 전환을 하나의 시적 장치로 활용한 까닭을 납득할 수 있다. 어떤 인간이 타인의 역사에 스스로 당사자가 아니라 주장하고 타인의 고통을 위계적으로 연민하거나 외면한다면, 어떤 참사가 벌어졌을 때 이미 그곳에 존재하고 있었던 자연물은 현재의 시점까지 그곳에 머물러 있을 뿐만 아니라, 인간을 타자화할 수 있는 입장으로서 영원한 목격자이자 증언자로 자리한다. 그들이 그때 그곳에서 벌어진 것에 대해 '말하는 것'은 실제로 이 세계의 일부로서 그들이 직접 겪은 일이란 점에서 당사자성 또한 훼손하지 않는다. 시인은 바로 이러한 '되어보기'를 수행함으로써 '타자'라는 경계를 극복하려 한다.

　이러한 흔적은 「목격한 나무들은 죽지 않는다―늙은 불칸낭」에서도 발견된다. 이 시에는 두 개의 시선이 적극적으로 교차된다. 시의 앞부분에서 "목격한 나무들"을 호명하는 목소리가 화자 1이라면, 바로 그 목격하는 존재로서 나무가 화자 2로 존재한다. 하여 이 시에서 '나'를 주어 삼아 발화하는 것은 "나무"이지만, 그들이 목격하고 있다는 사실 또는 죽지 않는다고 말하는 목소리 자체는 그 "나무"에 자신을 투영한 화자다. 분명 표면적으로 분리되는 두 화자를 설정하고 있다는 점에서 완전한 '-되기'가 수행되지 않았다고 말할 수도 있을 것이다. 다만 앞서 「순례자」에서 '나'가 "두 세

계에 속한 자"로 언급되는 구절을 이어서 살핀다면, 현재에
존재하면서 과거의 그 사건이 벌어졌던 바로 그 장소에서
그 사건을 보았거나 피해자들의 삶/죽음을 배태하여 지금
생존해 있는 자신의 존재를 상기하는 화자가 있다는 것을
적극적으로 상상하게 만든다. 부분적으로는 언제나 실패할
수밖에 없는 '-되기'의 행위 주체가 결코 단일한 방식으로
드러날 수 없다는 것을 상기시키는 이것이 허은실이 시쓰기
를 통해 오랫동안 끌어안고자 하는 '설움'의 정체일 것이다.

다시 설움, 그러나 설움

소풍 나온 것 같네

바다를 앞에 두고
유족회에서 나눠준 도시락을 먹는다

(……)

문어젓갈을 씹다가 떠올린다
부항순 전복죽, 컵누들 우동맛, 마스크 세트
발목에 철심을 박은 할머니는
받아둔 위문품을 내어주면서

이제 나갈 일이 엇어노난

폐를 잘라낸 할아버지는
손주들 주려 만든 감저 빼때기를 싸주며
그땐 저걸로 연명했어요

손가락 두 개가 뭉툭한
팽목항 소연 아빠
그가 건네주던 시든 귤도
다섯 살에게 쩔러주던 만원도

설움에게 잘도 얻어먹고 다녔구나
울음의 연대라고 생각했던 것
실은 당신 것으로 연명해온 일
겨울 광화문 보리차도
곱은 손 녹이던 핫팩도

(⋯⋯)

슬픔이 시민의 보호자였다
                    ─「설움이 나를 먹인다」 부분

이 시에서는 화자가 만난 여러 죽음 경험이 중첩되어 있

164

다. 시에서 언급되는 "유족회"가 비단 한국사에서 하나의 사건만을 떠오르게 하지 않는다는 것이 먼저 찾아오는 큰 비극일진대, 하나의 기표에 수없이 많은 기의가 작동하는 이 기호화의 과정에서, 관찰자로서의 투영이 일방향성을 지니지 않는다는 점에도 주목해야 하겠다. 이 시의 화자는 폭력에 희생된 일련의 죽음들을 애도하기 위해 각각의 현장을 찾아가 사건의 당사자들로부터 어떤 마음들을 전해 받은 경험을 이야기한다. "부향순 전복죽, 컵누들 우동맛, 마스크 세트"부터 시작해 각종 "위문품"과 "시든 귤", 그리고 화자의 아이로 추정되는 "다섯 살에게 쩔러주던 만원"까지. 다만 이러한 마음을 주고받는 구절에서 마음과 애도를 전하는 이는 화자와 같은 연대자만이 아니다. 다시 말해 허은실 시의 화자가 타인의 죽음에 '나'를 투영하듯, 가까운 존재의 죽음을 경험한 이 또한 살아 있는 자들에게 자신이 엮여 있는 죽음을 적극적으로 겹쳐놓는다. 상대가 표면적으로 자신의 사건과 직접적 연관성이 없어 보이는 타인일지라도 내 상실된 가족과 이웃을 떠오르게 하는 생명력을 지닌 존재이기에, 어떤 경험자들은 지금은 죽음으로 존재하는 어떤 이들을 어떤 생에 투영한다. 이런 방식으로 나눠지는 마음과 베풀어지는 설움들, 서로가 서로를 위로하고자 '-되기'를 시도하는 이 매번의 부딪는 순간들에 빚져 생은 살아지며 연대는 그렇게 작동한다. 그러니 허은실이 오래도록 붙잡고 있는 이 설움이란, 결코 완전한 '-되기'가 되지 못한다는 간극인 동시에 그럼에도 찰나의 '-되기'들이 이어져 서로가 서로를 끌어안을 것이라는 믿음에 대한 정서다. 우리는 이제, 허은실의 이런 작업들을 설움 기록이라 불러도 좋겠다.

허은실 2010년『실천문학』신인상을 통해 등단했다. 시
집으로『나는 잠깐 설웁다』가 있다. 제8회 김구용시문학상
을 수상했다.

— 문학동네시인선 181

회복기

ⓒ 허은실 2022

— 1판 1쇄 2022년 10월 28일
1판 4쇄 2023년 7월 17일

지은이 | 허은실
책임편집 | 이재현
편집 | 이희연 강윤정
디자인 | 수류산방(樹流山房) 본문 디자인 | 유현아
저작권 | 박지영 형소진 최은진 서연주 오서영
마케팅 | 정민호 한민아 이민경 안남영 김수현 왕지경 황승현 김혜원 김하연
브랜딩 | 함유지 함근아 고보미 박민재 김희숙 정승민 배진성
제작 | 강신은 김동욱 이순호
제작처 | 영신사

펴낸곳 | (주)문학동네
펴낸이 | 김소영
출판등록 | 1993년 10월 22일 제2003-000045호
주소 | 10881 경기도 파주시 회동길 210
전자우편 | editor@munhak.com
대표전화 | 031) 955-8888 팩스 | 031) 955-8855
문의전화 | 031) 955-3576(마케팅), 031) 955-1920(편집)
문학동네카페 | http://cafe.naver.com/mhdn
인스타그램 | @munhakdongne 트위터 | @munhakdongne
북클럽문학동네 | http://bookclubmunhak.com

ISBN 978-89-546-8912-0 03810

* 이 책의 판권은 지은이와 문학동네에 있습니다. 이 책 내용의 전부 또는 일부를 재사용
하려면 반드시 양측의 서면 동의를 받아야 합니다.
* 이 책은 2022년도 한국문화예술위원회 아르코문학창작기금지원사업에 선정되어 발간
되었습니다.

잘못된 책은 구입하신 서점에서 교환해드립니다.
기타 교환 문의: 031) 955-2661, 3580

— www.munhak.com

문학동네